Baú de miudezas, sol e chuva

Cidinha da Silva

Baú de miudezas, sol e chuva

MAZA
edições

Copyright © 2014 *by* Cidinha da Silva
Todos os direitos reservados

1ª reimpressão: 2019

Capa:
Josias Marinho

Foto da autora:
Pierre Gentil

Revisão:
Libério Neves

Diagramação:
Elizabeth Miranda

Silva, Cidinha da.

S586b   Baú de miudezas, sol e chuva : crônicas / Cidinha da Silva. – Belo Horizonte : Mazza Edições, 2014.

104 p. : il. ; 21 cm.

ISBN: 978-85-7160-634-0

1. Ficção brasileira. 2. Crônicas brasileiras. I. Título.

CDD: B869.3
CDU: 821.134.3(81)-3

MAZZA EDIÇÕES LTDA.
Rua Bragança, 101 – Pompeia
30280-410 BELO HORIZONTE – MG
Telefax: (31) 3481-0591
pedidos@mazzaedicoes.com.br | www.mazzaedicoes.com.br

Este *Miudezas* deu trégua a minha caneta de Ogum e deixou que as águas fluíssem. É o livro de Hilda, memória de um tempo feliz e doce.

Pertence também à Menina da Rua do Cajueiro, a dona da alegria.

Entrego-o ainda ao Jarbas, o Ébano Majestoso, no Orun. É meu rito no Ayê para honrar a alegria de viver com que ele nos iluminava e levava a seguir em frente, com a espada banhada em mel.

Sumário

Prefácio..13
Como o *Jazz!*...15
Minha Senhora das Águas!..................................16
O amor da novela...17
Amor e fé...19
Vida de condutor...20
Nossa natureza..21
Volver a los 20..22
Quem não soube a sombra, não sabe a luz........24
O tempo..26
Vida de marisco..27
Fall in love...28
A voz funda do rio..30
Duas mulheres numa rua íngreme......................31
De volta ao começo..34
Memória..35

A tratadora de peixes............36
Doce............38
Durga e a Senhora das Águas............39
Oração da terça!............41
Eu sou vegetariana! Meu Orixá, não!............44
Balotelli, rei de Ifé............46
Uma bisnaga de lança-perfume por uma britadeira? Vai aê?............48
O fundo do fim............50
Era do rádio particular............51
Coisas que nem Deus mais duvida!............54
E foi por ela que o galo cocorocou............57
Concha, mi Conchita Buika............59
O tigre e o pavão............60
Me oriente, rapaz!............61
Sobre um menino dançante e sorridente!............62
Delegado!............64
Flores para os autores de "Lado a lado"............66
Cavalo das alegrias............70
O universo de Itamar Assumpção!............74
Salvador, negro rancor!............76
Eu sou coluna de aço! Se quer passar, arrodeia!............86
Adeus IMACO – Triste Horizonte!............88

Inversão de sentidos..91
Deixem Neymar chorar em paz!..............................93
O fogo, têmpera do aço, o tempo, têmpera das gentes........96
Xangô!..100

Prefácio

De pedra, carne e água – sobre *Báu de Miudezas*

Pois um baú é aquilo que guarda o tempo de forma inesperada. Quem abre um baú encontra o tempo em todas as suas formas: dos retratos, do livro com dedicatória na orelha, ao pequeno objeto esquecido no canto da madeira ou pedaço do CD. Guarda o amor o baú, guarda a verdadeira escala do tempo porque não são os números que constroem o degrau dos anos, são outras matérias. Um baú guarda o que jamais jaz.

As miudezas, aqui nessas páginas, são narrativas concisas de nosso mundo e cada pequena narrativa enxerga ancestralidade nas trivialidades do cotidiano.

Este *Baú de Miudezas* trata-se de poesia transfigurada em crônicas, pequenos tratados, contos. Amor camuflado em todas as formas. Aqui, até Durga estende os braços para trans, refigurar-se em mito africano. E a liberdade da forma textual de Cidinha da Silva se estende na retratação dos mitos que evoca. E assim a autora narra uma sociedade brasileira multicultural com uma escrita que não fala do negro, mas, sim, é a própria escrita negr@ brasileir@ pungente que retrata um país que é seu e ajuda quem ainda não sabe lê-lo. Letras sem limites de assunto, discursos. Do virtual ao espiritual, de Itamar Assumpção a Neymar, o que o leitor viverá aqui é a ótica de uma cidadã-poeta que enxerga vida urbana com a mesma urgência de quem enxerga a natureza.

São narrativas que fluem como as de contadores de histórias, parecem conversar com você como uma conversa inspirada entre amigos e como boa poeta, a autora camufla a filosofia mais complexa em situações de simplicidade única. *Baú de Miudezas* é um épico-íntimo. Cidinha da Silva tece aqui um ritual de gratidão ao amor e às suas (nossas) referências de vida. Narrativas plenas de metáforas, leves não como pluma, mas como um pássaro livre que controla seu voo. São palavras de pedra, de carne. E de água, letras para se banhar. E como velhos irmãos, nós leitores, corremos essas páginas como quem corre atrás de um trem que porta seu minério silencioso. Puro jazz.

Grace Passô

Como o *Jazz*!

No dia em que o conheci, o menino comprou todos os meus livros. No outro, levou a namorada linda para me apresentar. Em outro, um amigo, a quem chamou de irmãozão.

Conversa vai, conversa vem, concluí que gostava de meu trabalho, embora nunca tenha emitido uma opinião objetiva.

Ontem, distraidamente, num papo sobre temas diversos e diletantes, ele me disse a coisa mais bela que meu coração poderia escutar: "Seu texto é negro como o *jazz*."

Aquilo me deu outra vida, e eu a vivi como o *cello* de Yo-Yo Ma ecoando nas paredes do oco do mundo.

Minha Senhora das Águas!

Agora que cantei, entreguei a comida na mata, o presente às águas e choveu, posso falar.

Minha Mãe é de interioridade só dela, não é mansa como pregam os que a percebem capilarmente, é rio de redemoinhos no fundo. Gosta de palco, principalmente quando protagonista da cena, porém menos midiática do que a Senhora dos Ventos.

Suas reverências são mais discretas, não há assim uma comida exclusiva feita para agradar o paladar do povo no seu dia. Nesse aspecto, ela é menos popular e quer mesmo é que o povo lhe renda graças por meio de agrados e presentes entregues em sua própria casa, enquanto, sem se levantar do trono, observa o movimento à volta.

São poucas as pessoas que compreendem suas nuances, mas quero mesmo é ser daquelas que compartilham sua essência. E agradecer, enquanto descanso a cabeça em seu colo e me refaço no cafuné. *Nzaambi ye kwaatesa!*

O amor da novela

Passei uns dias em festa, outros dormindo com as galinhas, acordando com o alarido das saracuras e deixei de assistir a vários capítulos de "Lado a lado". Não tinha televisão, a internet oscilava e havia um único computador para quatro pessoas; portanto, a mim, em férias, restou a utilização básica e essencial da máquina, enquanto outros trabalhavam.

Quando voltei à telinha, depois de ler o resumo do suposto capítulo do dia, esperava que Isabel e Zé Maria finalmente ficassem juntos e passassem à próxima etapa do amor que seria a construção da vida comum, mas isso só viria uns quatro ou cinco capítulos depois.

Restou-me o deleite da poesia de Isabel pegando o açucareiro para adoçar o próprio café, e Zé, o cavalheiro, argumentando que não tinha tostão para pagar a bebida de ambos, mas gostaria de pelo menos passar o açucareiro (metáfora do doce da vida) às mãos da amada. Ela aceita e pede desculpas, é que vem se acostumando a ser sozinha. Mas acorda, em tempo, como se a adrenalina subisse com o açúcar, e diz ao amado: "Zé, eu não quero me acostumar, não".

Zé Maria vai embora, correndo, para fugir ao constrangimento de não poder pagar o café, mas também em direção ao trabalho que lhe dará dignidade e recursos para interromper a solidão da amada.

Vi a cena e pensava naquilo que nos move nas novelas, no quanto aquele casal realiza nossos amores frustrados, inalcançáveis, platônicos, surreais. O amor da novela renova a esperança de que o nosso amor seja possível, realizável, um dia.

O amor da novela nos permite o sonho do beijo-acalanto, bálsamo depois do patrão, do transporte enguiçado na chuva, do aperto no trem, do corpo encontrado pelo caminho, do jornal televisivo que detalha as mortes individuais violentas e chacinas do dia.

O beijo da novela nos restitui a humanidade, o desejo. Não é ópio, é sonho de padaria. O doce que se pode comprar clicando o *power* da tevê.

Amor e fé

Ela me diz que sou a pessoa mais crente no amor que ela conhece. Diz que falo de um amor bonito e tal, sugere que o invento, o amor fora da poesia seria só sofrimento.

Tolinha! Eu só vejo a beleza porque amo.

Amor é colírio, desembaça os olhos. Amor é água que brota e não cessa, irradia, fertiliza e floresce.

Quem crê no amor tem fé, aquela luz que não se vê, mas guia.

Vida de condutor

Assim somos, meu irmão! Leis de trânsito organizando o caos numa estação central de metrô, em Zagreb ou Nova York. Convergência de linhas, transferência de destinos, caminho de muitos lados.

O amor nos domina! Esse trem com sua constância se resumindo ao ponto de partida (nosso coração incansável) e que nos lança em corrida inútil atrás dele. E nos alegramos como crianças de cidade pequena, a cada vez que avistamos o trem. E as crianças, como nós dois, acenam as mãos para ele, mesmo sabendo que o minério de ferro, único passageiro do comboio, permanecerá quieto e mudo.

Ocorre conosco, mano, que sem amor não existimos e o coração pesa mais do que o ferro. Persistimos amando, mesmo que o desamor nos desfaça em lama, tal qual montanha ferida durante o dilúvio. Não prescindimos, querido, como crianças, do barulho do trem.

Nossa natureza

Minha natureza é de pedra.
A sua é de água. Duas vezes água.
Eu sou de pedra e carne. Depois tenho a água que me salva.
Você tem a liberdade da água na mata, que não entendo, mas tenho uma encarnação inteira para compreender. E para que suas águas me envolvam, protejam e cuidem. Porque domar, já domaram. A pedra. A carne.
Resta acontecer o encontro das águas.

Volver a los 20

Toda pessoa às vésperas de terminar a infância deveria ter a chance de revisitar aquele grande amor dos vinte anos.

Certos povos africanos só consideram adultas, pessoas acima de quarenta e dois anos. Antes disso, todo mundo é criança. Reviver o primeiro amor por uma noite, um dia, uma semana, um mês, talvez, quem sabe, viver o namoro outra vez, deveria ser prerrogativa do fim da infância.

Aquele amor que te ensinou o caminho das flores, que pela mão te mostrou a rota das estrelas, sem pressa, sem atalhos. Amor que aplacou o furor hormonal e anteviu a amante magnífica que serias aos trinta. Que te levou a compreender o essencial da vitória da tartaruga sobre a lebre na corrida – chegar devagar é mais gostoso.

Amor que, ao te descobrir, descortinou para ti mesma quem eras, que fez loucuras para estar contigo, e tu fizeste outras tantas. Amor que trouxe o sol para tua vida, encantou tua beleza e explodiu teu viço.

Amor dos vinte, quando achavas que todas as estradas eram caminho. Ao findar a infância, eis que chega a hora de testar a flexibilidade impingida pelo óleo do tempo às juntas de camelo, dobraduras do corpo, aprendiz de bambuzal ao vento.

Tanta saudade e descobertas. O adeus à sofreguidão, sem alarde. O beijo – um toque de alaúde, de harpa – que não incendeia mais nem menos, é apenas o melhor beijo que o final da infância poderia te ofertar.

Quem não soube a sombra, não sabe a luz...

Apliquei um Taiguara antigo na veia de um amigo pós-moderno que arranhou o dedo e, por isso, decidiu nunca mais brincar com faca. Essa moçada criada a iogurte de copinho, excesso de proteção e carinho, não sabe ralar o joelho no chão. Cicatriz, então, nem imaginam o que seja.

Fugir da dor constitui marca geracional. Não se faz necessário, como os românticos, afogar-se nos braços do sofrimento, mas é bom aprender a manusear a faca, entender que amar e performar o amor expressam coisas distintas.

A *performance* é um movimento construído a partir de uma concepção. O amor significa o próprio movimento, o vento, o fogo, a água, o ar que revigora e gera concepções. O amor é espora, espeta, mas também protege. Coração revestido de amor fica mais cascudo, não desfalece a qualquer espetadinha, suporta uma rinha de galos.

Coração performador, ao contrário, é fracote e vive exposto, não sabe ouvir que alguém precisa dele, torna-se um garnisé. Por isso, Taiguara na veia. Por isso, ainda, sentir dor e até sofrer quando não se tem a amada, mas sentir-se plena e feliz por amar.

O tempo

A menina, pela primeira vez, docemente tomada pelo amor, vira-se para a outra, senhora do seu coração, e confessa: "Você é a música mais doce do meu *ipod*, a mensagem mais frequente no meu *twitter*, o jogo mais gostoso do meu *smartphone!* O que sinto por você me varre toda por dentro, é forte como um *rock* do tempo dos nossos pais. Olha, eu não pensei que pudesse um dia dizer isso a alguém, mas eu te amo e quero envelhecer com você!"

A outra, comovida, responde: "Poxa, gata, é o maior fofo o que você está me dizendo, mas não vai dar!"

Confusa, a menina apaixonada retruca: "Como assim, não vai dar? Pensei que a gente estivesse dividindo o *iphone* e ouvindo a mesma música!"

"Acho até que estamos, gata! Só que eu não vou envelhecer!"

Vida de marisco

– Não gosto de ver seu olhar triste.
– Não se preocupe, é uma tristeza já instalada.
– Estou tranquila, não me culpo pelo seu estado. Apenas não gosto de te ver triste; mas resolva logo sua vida, não sou marisco para ficar entre a pedra e o mar. Já desci do salto e você fica aí, desfilando nessa perna-de-pau de dois metros, sem alegria.
E não adianta ficar calada assim na tela, só tenho a palavra para te ver.

Fall in love

Precisei me retirar das redes sociais. É que o amor me pegou de jeito e junto com ele a vontade de dizer, para o mundo ouvir, aquelas coisas que só fazem sentido no ouvido da amada.

Sei que a ninguém mais, além de mim, interessam as horas que conto para sua chegada. A comida que fiz para ela. O dia de amor que tivemos. Os desejos mínimos dela. Mas o amor subverte as certezas da gente e, por medo de sucumbir à vitrine devastadora e degustadora da rede, resolvi sair.

Não, não, não tenho estrutura. Outro dia, um homem apaixonado postou foto sorridente ao lado da namorada, 20 anos mais nova, com um bigodinho de glacê. Para que notássemos o glacê, ele avisa que não gosta de bolo de aniversário e seu baby é testemunha. Não! Não! Intimidade é coisa privada, mas o amor é assim exibido mesmo, e vai que a tentação me pegue na curva...

Gente graúda, peixe cascudo, quando apaixonado, morde a isca da exposição *facebookiana* e quer tornar pública sua paixão. Acho que é porque muitos de nós não tivemos adolescência, principalmente como a de hoje, que se estende impunemente aos 30, 35, 40, à vida inteira.

Pode ser também que, mesmo mais maduros, estejamos submersos à falta de ação política da vida pública supermoderna, e a exposição da vida íntima seja a única coisa restante a nos conectar ao mundo.

Talvez queiramos dizer aos quatro ventos que somos diferentes desse pessoal que desenvolve pavor de amar ao primeiro espinho no dedo. Vai ver, queremos dizer que esse amor também tem lugar no mundo. Um amor que se joga, que posterga o beijo porque quer olhar nos olhos. Esse amor também quer gritar sua existência e, se o *Facebook* é o amplificador do momento, a ele! Mas confesso que a mim faltou coragem e recolhi minhas armas. Não queria transformar minha amada em troféu de campeonato da solidão abatida!

Seja lá como for, são deprimentes as relações de amor, ódio e estupidez com o diário virtual das redes sociais. Sou precavida, não sou covarde. Não queria ceder à tentação de dizer ao mundo e a quem me infelicitou: "A roda gira e agora eu sou feliz. Estás a ver?"

E, se pela *timeline* do malfeitor ou dos coligados, você souber que quem te fez infeliz, hoje rasteja na lama, tanto melhor. Entre as mil e uma utilidades de recados via rede social, consta a vingativa, também.

Não, não! O mais seguro é me deixar fora disso! Adeus *Facebook!*

A voz funda do rio

Quando ela diz meu nome em tom grave, quando ri forte e divertida, há uma força telúrica que escapa do lago e faz redemoinhos insondáveis.

Quando ela diz venha, é sopro de vida, fogaréu de alegria, imperativo perfeito para meu coração que quer tanto segui-la.

Quando ela diz tô com saudade de tu, me derreto como manteiga ao sol. Assim mesmo, com gosto do que se come, do que se degusta. Eu deixo de ser oblíqua e me torno pronome-sujeito na língua da mulher que me ama.

Duas mulheres numa rua íngreme

A moça iniciava a descida da ladeira e o vento cortava fino, de baixo para cima. O salto alto, tanto quanto a nobreza a equilibrar-se sobre ele. A dúvida da assistência era se a saia de tecido fino, seda, talvez, em tons de verde e azul, resistiria à inclemência do vento. A torcida inconfessável dos homens era para que a saia se desfizesse, que a bela ficasse apenas com a blusa laranja de alças delicadas, as *sisterlocks* em leve desalinho e o salto 12.

A gata também contava com torcida feminina. "É de Iansã!" – dizia uma admiradora ao entrar no carro, saindo de uma joalheria na rua de cima. "Como você sabe?" – pergunta a amiga já dentro do veículo, no banco de trás. "É de Iabá! Não tenho dúvidas. Não é de Iemanjá, de Nanã, nem de Obá. Se fosse de Oxum teria mais dois dedos de saia". "Olha que pode ser de Euá, viu?" – comenta a segunda amiga, que conhecendo a motorista, acha por bem aboletar-se no banco da carona.

"Pode ser!" – a entusiasta conclui, deslocando o freio de mão e preparando-se para descer a ladeira, bem devagar. No ritmo dos passos da diva. "Pode ser, mas o Xangô que mora em mim avisa que ela é de Iansã". "Hunf! Que Xangô é esse que nunca vi?" – pergunta uma das amigas. "Ousada desse jeito só pode ser de Iansã", ela insiste.

Sabedora da multa que está por vir, a intrépida motorista desliza na ladeira. A suposta filha de Iansã vence o primeiro terço da descida. Os homens saem às janelas e portas para vê-la, torcem para que a saia suba pelos ares. Algumas mulheres também não despregam os olhos dela e conspiram para que o salto enrosque nos paralelepípedos. Contra tudo e todos, acariciada pelo vento, a bela segue, segura.

Motorista habilidosa, a moça do carro vermelho dirige coladinho na semideusa e serena, doce, diz a ela: "Boa tarde, senhora dos ventos, da tempestade que tumultua meu peito. Permita que me apresente. Eu sou o Xangô que Oyá mandou para guardar seu caminho. Dê-me a honra de escoltá-la em seu destino".

A mulher de Iansã tira os óculos escuros, sem qualquer surpresa. Olha o que ainda falta da ladeira, espreita três mulheres inofensivas dentro do automóvel, dá a volta, deslizando a mão pelo capô e resolve entrar. Cumprimenta a todas, simpática, agradece a gentileza e a motorista pergunta, "para onde vamos?"

Vão a um cartório, para onde a bela se dirigia na Barroquinha. Depois vão tomar sorvete na Ribeira. A motorista deixa as amigas por lá e vai levar a musa em casa. A essa altura já tem certeza de que ela é de Iansã.

É convidada a entrar e, papo vai, papo vem, musiquinha, carinho, janelão para mirar o Sol se pondo atrás do mar e o tempo parece correr lento. Em dado momento, a mulher de Iansã vê o fio de contas da motorista sobre a mesinha do abajur e o saúda: "Saluba, viu, Xangô?" A outra ri e explica: "É herança, preta!"

De volta ao começo

Pedi a um irmão-mais-velho ajuda para interpretar um sonho. Ele, que é só poesia e travessura, me disse: "Basicamente, é o seguinte, sonho de macumbeiro sempre tem um sonho depois, que direciona mais a interpretação. Esse segundo sonho já veio?"

"Veio, mano velho, e a real é que agora estou comendo vidro. Gonzaga me aconselha a voltar ao começo, ao fundo do fim. Medrosa, respondo que não terei forças. Ele diz que a força esteve o tempo todo em mim. É dos seus, o cabra. Dessa gente que nasce da lava e se espalha, cobrindo tudo."

"Irmã, a nós, filhos Dele, só é dado pedir justiça se formos justos, irrepreensivelmente justos na prática da justiça."

"E eu consigo, meu irmão? Não sei. Sei que o vidro me dilacera. Será possível despertar do sonho que não me deixou viver?"

Memória

Ela só conseguia dizer que me amava na parte interna da orelha dos livros-presente que me oferecia. Fazia o mesmo com os CDs.
Um amor encolhido pela justificativa de que a dedicatória interessava só a mim.
Mentira! Era covardia ou amor pouco. Amor grande, expande, busca a luz do Sol.

A tratadora de peixes

Dei-te meu coração em bandeja de ouro, cravejada de diamantes. Tu valorizaste a pedraria usando-a como adorno de tua realeza. Do coração fizeste picadinho com tua lâmina de tratadora de peixes.

Afiavas a faca com teu modo singular de manipular o mundo para cortar fundo, de fora a fora, o couro e a carne dos peixes graúdos. Os miúdos do interior arrancavas com tua própria mão direita, deliciando-se por ter ainda pulsante, em tua palma, aquilo que pouco antes fora vida. Daí os esvaziavas de todo o líquido, sangue, água e lágrimas salgadas, agora com furos e pequenos cortes. Passavas o sólido apurado por uma bacia de água e limão, impregnando-o de tua acidez.

Depois de exaurida a miudeza interna, tu a largavas ao sol para secar. Um olho no gato, outro nas vísceras e tripas, para que o felino não roubasse o que te pertencia. Quando secas, procedias ao ritual de trituração na máquina de moer carne acoplada à mesa da cozinha. A farinha nutritiva que resultava, tu reservavas, sorridente.

Nesse ínterim, de mim, inteira, fizeste farelo, como fazias com os interiores dos peixes com que alimentavas os porcos.

Doce

Ouvir Suzana, *la cantante* afro-peruana, traz de volta tua gargalhada, tua voz de barítono pela manhã, o repertório de boleros escolhido a dedo, condição para preparar-te o café.

E cantavas com dramaticidade dominicana. Interrompias o canto, contavas histórias de migração. Apertavas os olhos de pequeno pássaro caribenho, me ofertavas aquela delicadeza de tantas cores dos entardeceres próximos ao Canal do Panamá.

Suplicavas por comida. Pássaro ardendo novos desejos. Eu negava. Elegia dois mais boleros. Fingias consternação e contragosto, mas cantavas. Ao fim da música, eu atendia a teu pedido, preparava-te o café lauto.

Ouvíamos Suzana até a hora do almoço. Tu me encantavas com tantas histórias, e com teus *dreads* espetados, recém-nascidos, que tu querias em queda, de imediato.

Saudade essa que dói sem ti, sem teu português debochado, a língua, teu espanhol crioulo, só meu.

Durga e a Senhora das Águas

Onde queres Odé serei Durga. Teu mel-veneno não me encantará. Eu te revelarei o belo com o mel de minha íris quando meu olhar exuzilhar o teu.

Montada em um tigre branco irei a teu encontro, para que reconheças minha força e ouças minha versão da caçada. Eu que nasci da boca flamejante de Brahma, Shiva, Vishnu e Xangô Ayrá, envolta nas águas da Mãe que também te trouxe ao mundo, te saudarei com dez braços e um olho de lótus que a mais nada verá, além de ti, Rainha de todas as águas, de todo o doce do mundo.

Vestirei o traje azul brilhante de Durga e emitirei raios que te darão tônus e calma. E quando quiseres descansar tua força descomunal, te oferecerei dez mãos macias e poderosas, fortes o suficiente para te amparar.

Dedicarei meus nove dias de culto a ti.

No primeiro te oferecerei flores e água fresca e desejarei, em silêncio, que abras olhos e braços à sede que tens de mim.

No segundo, o coro de colibris de Odé cantará o canto de amor que compus para ti.

No terceiro te darei minerais, preciosos ao teu gosto fino: quartzo, ouro, diamantes, turmalinas.

No quarto dia te permitirás ser ninada por meus dez braços.

No quinto compreenderás que não existo sem ti.

No sexto, explodindo de contentamento, a Lua criará mais uma fase, cheíssima de amor.

No sétimo dia brindaremos às águas, com vinho branco de palma, da adega de Ogunjá.

No oitavo dia Olodumaré e Shiva sorrirão ao nosso amor.

No nono te beijarei a boca de ameixa, sorverei tuas águas de amora e dormirei em teu leito de lavanda.

No décimo dia, o dia da vitória, teu ego morrerá de morte consciente e dobrarás os joelhos aos pés de Oxum, a fim de agradecer e acolher o amor mandado por ela, para te render graças e homenagens por todo o sempre.

Oração da terça!

Terça-feira é dia d'Ogum, camarada. Conheço bem essas coisas. Para cima de mim não cola essa patacoada de terça da grande batalha espiritual contra o mal em sua Igreja. Até entendo, pois é de seu conhecimento que na rua Ogum trabalha, e antes do culto você já entregou o que é dele, assim garante o funcionamento da coisa e posa de milagreiro.

Ogum é sujeito bom. Arrisco a pensar que se diverte com sua conversa mole de quebrar as sete forças do mal, com esse jeito estúpido e nada criativo de tentar manipular os símbolos dele. Estou falando do numeral sete, porque a maldade é por conta de sua cabeça. Mas, tome tento; o cara é bom, porém, quando embravece, saia da frente, porque não sobra cabeça sobre pescoço. A sua já está na mira da espada, abra o olho!

Diferente da mensagem do panfleto entregue nas estações de trem, às 18h (hora de Exu, bem sei e você também sabe) para as pessoas que chegam em casa cansadas e desesperançadas, saiba que o povo dispõe comida, bebida, moedas, luz e flores nas encruzas, porque aqueles são lugares de confluência energética.

Recebida a entrega orientada (é tudo troca), o povo da rua cuida de espalhar no mundo as coisas do mundo e de quem vive no mundo em interação com as forças do universo: O amor/o ódio, a admiração/a inveja, a saúde/a doença, o bem-querer/o mal-querer, a luz/a sombra. Tudo varia na intenção de quem manipula a força.

A estrada aberta pode dar num beco sem saída, numa bifurcação ou em direções múltiplas, depende da mestria e dos destinos espirituais do caminheiro. Os sentidos que se encontram e também se desconectam são o princípio de tudo; a encruza, então, é lugar de principiar as coisas.

Com negócio de cemitério não mexo, mas certamente você tem muita experiência sobre o assunto. Que o digam os concorrentes na caçada ao rebanho que você deve enterrar por lá.

Os trabalhos nas pedreiras, cachoeiras, rios e matas são mobilizadores das forças da natureza.

As pedras nos trazem a noção de resistência, silêncio e a compreensão do quanto somos ínfimos diante da criação.

As raízes, flores e frutos da mata, tudo o que se transforma, apresentam a impermanência do que nasce e morre, os novos estados a cada estação.

Os rios e cachoeiras nos ensinam, água que brota não cessa, cria e recria a vida, nutre segredos tal qual o rio, calmo a nossos olhos, mas polvilhado de redemoinhos e quedas.

O mar nos dá o sentido da travessia, da profundidade de sentimentos, da imensidão de horizontes, das forças maiores que fazem surgir da inconstância das ondas, a serenidade em nós.

Orixá é poesia. É amor. É lamparina acesa na noite dos tempos. É o zelo silencioso pela energia vital e pela harmonia da vida na Terra.

Eu sou vegetariana!
Meu Orixá, não!

Outro dia Iyá Stella irradiava luz pelos corredores embolorados da Academia Baiana de Letras, em Salvador. Agora, o Povo do Àsé toma conta da Casa do Povo. Assim meu coração não aguenta. Eu queria estar lá para fazer história aos pés daquelas Ebomis todas.

Foi resposta do Povo de Terreiro, forte e organizada, ao vereador do PV eleito para defender os animais indefesos, segundo declarações próprias e, por isso, contrário ao sacrifício de animais no candomblé. Sem entrarmos no mérito do porquê e para quê os animais são oferecidos aos Orixás que comem à luz do dia e à luz da Lua (não se alimentam dentro do armário, como outros deuses por aí), a pergunta que não quer calar é: por que o animal ofertado nas cerimônias de candomblé é o animal que precisa ser protegido?

Caso o senhor esteja procurando tarefas grandes, Vereador, confronte a indústria da carne. Junte seu povo e vá fazer projeto de lei para que os abatedouros tratem os animais com dignidade na primeira etapa de transformação deles em alimento. Quem vê um boi ou uma vaca sendo abatidos nesses lugares, dificilmente consegue comer carne outra vez. Deixe o Povo do Àsé quieto, esse exército de beija-flores que se ocupa de espalhar mel pelo mundo. Demonstre coragem colocando seu mandato em risco. Enfrente tubarões, cachorros-grandes.

A humanidade foi coletora, depois tornou-se caçadora e carnívora há milhares de anos. Hoje ocorre esse movimento importante de volta às origens coletoras, aos vegetais e frutos, aos crus, com justificativas diversas, embora haja pouca compreensão de que o osso da fruta é o caroço. O senhor entende isso, Vereador?

Eu já vi um boi deitar ao som do canto de oferecimento daquele animal imenso a um Orixá e à festa que viria depois, onde toda a comunidade presente comeria a carne daquela criatura, preparada com muito riso e amor.

Os animais nas Casas de Àsé estão em paz, a paz de Oxalá. Volte seu olhar diligente para os abatedouros, lá existem animais sofrendo.

Criar a harmonia não consiste em apagar as diferenças, ensina a tradição africana, e sim em trabalhar com elas. O senhor tem o direito de defender suas ideias sobre os animais sofredores, mesmo que desfocadas, mas isso não lhe confere o direito de entrar na casa de quem quer que seja para dizer como seus moradores devem preparar os alimentos, quando e como devem comê-los.

E lhe digo mais, o senhor pode ser vegetariano, mas o seu Orixá (se o senhor tiver um) não é.

Balotelli, rei de Ifé

Mário Balotelli foi o primeiro jogador negro da história italiana a marcar gol com a camisa da seleção. Alguns cronistas esportivos europeus o consideram um dos 10 melhores jogadores do mundo em atividade. É menino, ainda, tem 22 anos, mas o corpanzil atlético, o rosto marcado por expressão forte, desafiadora e dolorida a um só tempo, o envelhecem. Mesmo quando sorri, aparentemente descontraído, o olhar triste e distante permanece.

Para onde olhará Balotelli?

Para dentro, penso, para a história dura de abandono familiar. Filho de pais conhecidos, migrantes africanos originários de Gana, nascido Barwuah, em Palermo, tornou-se Mário Balotelli ao ser adotado por uma família italiana que já tinha três filhos. Dois dos irmãos mais velhos, percebendo sua destreza com a bola, encaminharam-no para o mundo profissional do futebol.

Dentro do peito, ainda, todas as sensações de descender de africanos num dos países mais racistas da Europa, acolhido por uma família branca, que parece tê-lo amado, oferecendo-lhe conforto material que os pais negros não poderiam lhe proporcionar, talvez nem pudessem alimentá-lo. Balotelli parece entendê-los. O jogador investe dinheiro no bem-estar de comunidades negras carentes na Itália e em África.

Quem seria Barwuah, se os pais o tivessem criado? Como seria sua vida ao enfrentar o racismo italiano no seio de uma família negro-africana? Teria se transformado naquele que é Balotelli? Barwuah fora abandonado por desamor, descaso, ou por desespero? Por medo dos pais de que o filho morresse de fome e frio, como outros bebês migrantes morrem todos os dias e noites? São as perguntas que leio em seu semblante amargurado.

Do lado de fora, Balotelli vê o requinte cruel da discriminação racial perpetrada (impunemente) pelos torcedores do Internazionale que exibem uma banana inflável, bem madura, para não haver dúvidas de que se trata de uma banana, de cerca de 60 centímetros, na arquibancada. Nada diferente do que ele tem visto ao longo da vida.

Por fora Balotelli não se abala, olha duro, impávido. Não chora como chorou na derrota italiana na Eurocopa. Ali, ele não derrama sangue dos olhos. Seus pais são de Gana. Ele é soberano de Ifé. É Baloferro!

Uma bisnaga de lança-perfume por uma britadeira? Vai aê?

Acocorada entre três pedreiras estava a moça. Entra no ônibus um vendedor de doces que faz ruir todas as certezas dela sobre a leveza soteropolitana dos ambulantes em coletivos, e certa dureza dos paulistanos.

Senhoras e senhores, ele dizia, não estou aqui para vender nada. Papai do céu me enviou do fundão da zona Leste para adoçar a vida de vocês. Vou dar uma balinha para cada um (começa a distribuí-las), podem pegar sem medo, não é de Cosme e Damião, não.

A moça das pedreiras olha-o com expressão repreensiva, qual é o problema dele com Cosme e Damião? O artista parece compreender e conserta: também não é de Jesus, porque eu não sou religioso. Minha clientela é *vip*, como a do Complexo do Alemão. Todo mundo leva bala, de graça. Lá, de calibre 12, na minha mão, de calibre doce.

O senhor ali da esquerda, pode pegar a bala sem medo, não dói, nem tá envenenada. Você aí, senhora, pode me olhar com essa cara de vaso, não faz mal. Meu pai é jardineiro, adoro flores.

Assim que termina a distribuição gratuita, o rapaz desenvolve a segunda parte da cena. Agora, pessoal, vou colocar na mão de vocês, sem nenhum compromisso, um chocolate delicioso. Para as mulheres na TPM é um bálsamo; para a criançada, lambuzação garantida; para os homens, uma compensação para o futebol que não vai bem das pernas, mas também uma comemoração para quem, como eu, é do Bando de Loucos.

Pode pegar, sem compromisso. A data de validade está na frente, do lado direito. Tudo isso, senhoras e senhores, por apenas um real. Quem comprar um chocolate desses me ajudará muito com as minhas coisas.

Que lindo! A moça pensa. Ele deve juntar esse dinheiro para pagar a faculdade. Mas ele completa: vocês me ajudarão a pagar a prestação do meu Scort. Scort de água, Scort de luz. Também do meu Astra, que miséria pouca é bobagem. O Astra das minhas contas astrasadas.

Todo mundo compra, sorrindo. Alguém comenta de lado que no trem são dois por um, o baleiro tá tirando dinheiro dos tontos.

Ele finaliza: vamos, vamos pessoal, só um real! No outro ônibus a galera gostou tanto que comprou de quilo e comeu chocolate até com papel. Vocês não vão querer ficar para trás, não é?

O fundo do fim

Disseram que era dia da saudade e quem a sentisse deveria compartilhar. O nó do novelo é que essas campanhas impulsoras do comércio de sentimentos, às vezes, pegam a gente em dia de sol escondido e o coração enfraquecido pode embarcar em canoa furada.

Naquele dia nublado reinavam as lembranças dos que se foram, Jarbas, Bira, Zozó. O primeiro, amigo amado, o segundo, gigante admirado, e o terceiro, um simpático catalizador de amor e jovens talentos, sequiosos de espaço para expressão.

Mas insistiam em buzinar que era dia da saudade e o que eu sentia não era saudade, e sim incômodo a cada vez que alguém marcava os já idos para lerem algo no computador. Era dor de atropelamento pela mecânica dos relacionamentos virtuais. Incompreensão ocidental aos ensinamentos budistas da Senhora dos Ventos sobre a impermanência das coisas, o volátil da vida.

Era a sensação de não saber cortar a própria carne sem comer vidro.

Era do rádio particular

Minha era do rádio durou da infância aos primeiros anos da juventude, já em São Paulo. Em Belo Horizonte duas estações me formaram, Inconfidência FM, a Brasileiríssima, e Alvorada FM. Ali apurei o ouvido e o gosto musical. Ali conheci samba de primeira linha, *jazz*, música erudita e chorinho, a música dos deuses.

Nas estações de rádio AM, preferidas de minha mãe, também ouvia música boa: Clara Nunes, Elizeth, Nelson Gonçalves, Altemar Dutra, Angela Maria, Jamelão, Agepê, Martinho da Vila, Beth Carvalho, a queridíssima Alcione, Roberto Ribeiro e um pouquinho ainda do Trio Esperança e do Trio Mocotó. Ouvia muita valsa e bolero. E minha mãe cantava tudo o que a encantava, com voz bonita e afinada.

Tinha também os impagáveis programas policiais da Glória Lopes, que iam dos tenebrosos crimes do esquadrão da morte, atuante nas periferias da cidade, aos casos hilários dos bêbados e maridos infiéis perseguidos pelo fantasma conhecido como Loira do Bonfim.

Belo Horizonte, Velhorizonte, Belzebuzonte! Horizonte para todo gosto. Cidade pródiga em conservar o velho e fossilizar o novo. Ainda hoje, quando ligo o rádio nos dezembros chuvosos que passo por lá, sintonizo as estações do passado e encontro os mesmos programas e os mesmos radialistas de 30 anos. Só mudam quando morrem e não duvidarei do dia em que fizerem programas psicofônicos.

A crônica esportiva é uma fábula. Não pensem, vocês do Rio e de São Paulo, que Alexandre Kallil, presidente do Atlético Mineiro, campeão das Américas, seja peça rara. Não é não! Aquele bairrismo arraigado e atroz, o fanatismo, tudo isso está presente no rádio mineiro, como de resto, na cidade.

Contam que nos anos 50 ou 60 havia um juiz de futebol, torcedor doente do Galo, que quando a bola saía de campo, chutada por um adversário do Atlético, ele apitava, virava-se para o jogador alvinegro mais próximo e ordenava: "Vamo, meu filho, vamo! Bola nossa, bola nossa, bate logo o lateral". Frase célebre de um cronista de Belo Horizonte diz que atleticano torce até contra o vento, se a camisa do Galo estiver secando no varal.

O comentarista esportivo moderno, isento, constitui figura novíssima e escassa no rádio mineiro. O que predomina são os comentaristas apaixonados, que mal disfarçam a predileção por um time e, declaradamente, descaradamente, torcem por Minas, enaltecem Minas no cenário nacional.

O rádio é uma recordação muito boa e feliz. E agora, graças ao programa "À beira da palavra", inscrevi meu nome na história das rádios educativas de São Paulo e do Brasil. Não lembro exatamente o que falei, penso que a concentração exigida pelo veículo e por meus ágeis entrevistadores embotou minha memória. A única lembrança nítida foi a resposta à pergunta sobre futebol / literatura.

Na literatura, em que posição jogo? No ataque ou na defesa? Em nenhuma das duas, respondi. Eu gosto do meio, gosto de armar o jogo. Não adianta ser Romário ou Reinaldo, se não houver Sócrates, Cerezo, Falcão, Zidane, Didi, Júnior – que era lateral, mas dava tratos à bola como meio-campista genuíno e passava-a redonda aos atacantes.

E como literatura é um jogo jogado junto, meu barato é armar, pôr a bola para rolar e deixar meus leitores e leitoras na cara do gol.

Coisas que nem Deus mais duvida!

A senhora brandia os braços, inflava bochechas e olhos, tremia a boca pequena. Era Madame Mim, performando um poema.

Coisa boa não viria dali. A colega já fizera caras e bocas de incredulidade quando apresentei meus livros no sarau. Reparei que não aplaudiu, assim como as outras pessoas fizeram comigo naquela noite.

Houve um preâmbulo antes do poema, a autora dizia: "No meu tempo (como vocês podem ver, eu sou velha), a gente chamava os pretos de quem a gente gostava de negão, quando era homem e neguinha, quando era mulher. Soava carinhoso. Hoje, se a gente não for politicamente correto, pode até ser preso".

Nessa hora, os olhinhos de Madame Mim encontraram os meus e, de pronto, tratei de exuzilhá-los, fechei meu corpo com a mão direita e, com a esquerda, levantei meu Tridente.

A chuva apertou e N'Zila rodou, me levou para fora das paredes de vidro da biblioteca, para o local exato onde havia feito minha saudação de chegada. Era uma encruza da Henrique Schaumann com Cardeal, 777, o número da casa. N'Zila dançou para mim, apontou o céu, logo cortado por um raio de Kaiongo. Saudei N'Zila e o raio, agradeci. Quando um deles ilumina meu caminho é sinal de anunciação.

De volta ao sarau, de olhos abertos, aqueles versos malfeitos e ressentidos machucavam meu coração. A mulher velha, desprovida de sabedoria, destilava mágoa e saudade dos tempos da escravidão. Dizia num poema torto que a solução para o racismo consiste em que os pretos se pintem de branco e se tornem cinza (cinzas, quem sabe?) e os brancos se pintem de preto, obtendo o mesmo resultado.

Terminada a *performance* ouviram-se uns fracos aplausos constrangidos, outros, consternados; afinal, tratava-se de uma idosa e muita gente acha que a idade justifica tudo. Duas ou três pessoas, além de mim, não descruzaram os braços. Um rapaz muito sério, que se eu encontrasse andando pela rua, julgaria mestiço, levantou-se negro e mandou uma letra de *rap* aguda sobre a hipocrisia das relações raciais no Brasil. Tinha uns palavrões cabeludos e o menino de lâmina nos dentes colocou os tridentes nos devidos lugares.

Reuni meus livros e trocados, olhei a chuva intermitente e vi Kaiongo à minha espera, absoluta e bela, próxima ao cemitério.

Guardei a distância respeitosa da natureza que não se afina com a casa dos mortos. Kaiongo veio sorridente, me abraçou generosa, só amor. Entreguei o que era dela: "Toma, Senhora dos Raios, leva daqui essa carcaça, esse egum da mentalidade colonial e racista que inda sibila entre os vivos". Kaiongo sorriu outra vez, cúmplice, e desapareceu soberana na noite sem lua.

E foi por ela que o galo cocorocou

O cronista constata que os passarinhos de São Paulo vêm cantando fora de hora, há algum tempo. Ele cogita que a poluição sonora do grande centro leva as avezinhas a trocarem a noite pelo dia e a cantarem de madrugada, quando certo silêncio se impõe.

A crônica ia bem, e eu curtia a leitura, até que o cronista roubou a cena do galo. Explico: eu tinha anotado uma ideia sobre os galos que não cantam mais (pela primeira vez) às cinco ou às quatro da manhã, como tem sido desde que a biologia dos relógios foi inventada. Vários deles cantam entre 2h30 e 3h30, levando vizinhos contrariados a solicitar a execução sumária dos cantores destemperados.

Eu mesma tenho um desses no amanhecer. O bípede levanta a crista às três da matina, canta e não durmo mais. Enquanto me acostumo ao hábito nada saudável do moço, experimentei contar quantas vezes ele cocorocava.

No primeiro dia de atividade insone, aferi 44 cocoriuuuu, com espaçamentos maiores a partir do 15º ca-

carejo, deixando a falsa impressão de que ele se cansara. No segundo, contabilizei 17 cacarejos fortes e no terceiro dia, 25 notas galináceas, com pequeno enfraquecimento de tom a partir da 13.ª.

Embora tenha tomado de assalto meu tema, a boa notícia é que o cronista levou-me a especular por que os galos estão acordando mais cedo, e nisso eu não havia pensado. Acho que é uma chamada. A vida dos nossos está indo embora antes da hora, com a mesma naturalidade de quem olha distraído o reinado de um galo no galinheiro.

Concha, mi Conchita Buika

Argolas em ouro preto e santo da corda do alento que me enlaça e me desvencilha do naufrágio no manguezal. Buika ecoa o passado corrosivo, liberto em seu grito, assustado e reprimido dentro. Seu canto é magma-sangue dos vulcões adormecidos.

Na penumbra da noite divina e preta Buika é a voz da agonia e do desespero que toma conta de tantos, os que morrem sozinhos, lentamente. Concha abriga a dor do mundo febril e tragicamente apegado a seu canto como sopro derradeiro de vida. Canto pleno de esperança de um dia converter a dor em lembrança, apenas.

Buika não é aguardente no desassossego do dia-a-dia. É vinho maturado em carvalho, encorpado e seco, para mitigar o amargo da vida.

O tigre e o pavão

Ele se espremia pelos buracos, esgueirava-se pelos cantos. Apequenava-se em lugares mínimos, quase invisíveis. Um dia alguém lhe perguntou por que agia assim. Ele respondeu que de tanto abrir a cauda e expor sua realeza, foi ficando sozinho e assim perdeu a força e desenvolveu um medo terrível de elefantes.

E ele via elefantes por todo lado, paquidérmicos! E ele vestia sua roupa de rato e emburacava-se pela mata.

Um dia passou por ele um tigre imponente e o desafiou: "Vamos juntos, belo rapaz". E ele abriu a cauda, como nos velhos tempos. E o tigre continuou: "Você vai à frente espalhando sua beleza e fazendo brotar o riso. Eu sigo atrás, guardando suas costas".

E assim foi que o pavão nunca mais sentiu medo de elefantes.

Me oriente, rapaz!

Um amigo, pai pela terceira vez, me comove com o novo ofício. Enquanto aguarda o rompimento da bolsa nidifica o mundo para acolher o rebento. Tão bonito, isso. Quem tem pai sabe a diferença que ele faz na vida, quem não teve, sabe também. Um pai bom nos dá coluna vertebral, nos ensina a ser algo inteiro, firme pela flexibilidade. Pai orienta, dá o freiriano Sul para a vida. É quem mais ensina pelo exemplo. Neste sentido, mostra-se tradicional, primevo, inaugural.

Dois amigos, jovens pais de meninos únicos, referem-se aos filhos como pajezinhos, mestrinhos, babalaozinhos, ou seja, aqueles que cuidam destes, protegem, orientam, repreendem, ensinam por meio do exemplo. É bela e tão humana essa masculinidade construída na relação de espelho entre pai e filho.

São admiráveis esses moços que, como o poeta, plantam um ipê-amarelo na cabeça do tempo, só para ver o sorriso do filho.

Sobre um menino dançante e sorridente!

E assim, sem mas nem meio mas, Icu interrompe a curva da vida e nos leva. E morremos também quando morre alguém que amamos. Morremos mais ainda quando parte uma criança ou um jovem. A lógica da vida se perde.

Certa vez, uma senhora, sexagenária, comentou sobre o filho de 23 anos que havia perdido. Eu mencionei uma criança de 10 do meu inventário de perdas, e ela me disse: "não posso imaginar a dor desses pais", e contou algumas das coisas que tinha podido viver com o filho de 23. Fiquei calada, observando a humanidade desbordante daquela mulher.

Há pessoas, entretanto, que diante do choque da morte de uma criança lembram a tia de 86 anos, falecida há pouco de morte natural, e pensam que é a mesma coisa, a mesma dor. Não é não! E torço para que morram sem sabê-lo. Que não tenham que perder uma criança, adolescente ou jovem amado, para entender o quanto isso é diferente de perder alguém depois de uma vida adulta vivida.

Há outras pessoas, tão brutalizadas pela vida, que diante do sentimento de dor de alguém abalado pela implacável Icu, conseguem perguntar secamente quem era, de onde era, o que fazia a pessoa morta.

O certo é que Icu nos põe assim pelo avesso, frente a frente com sentimentos viscerais: a raiva, a revolta, a incompreensão, o vazio, a noção de justiça ou a falta dela, a perplexidade. Poucas vezes conseguimos aceitar sua ação em paz. Em silêncio.

Eu, agora, preciso ouvir Gil, meu poeta, aquele que diz o que sinto quando a voz me falta: "Não tenho medo da morte / mas medo de morrer, sim / a morte é depois de mim / mas quem vai morrer sou eu / o derradeiro ato meu / e eu terei de estar presente / assim como um presidente / dando posse ao sucessor / terei que morrer vivendo / sabendo que já me vou (...) quem sabe eu sinta saudade / como em qualquer despedida".

E, se morrer ainda é mesmo aqui, nos resta saudar a vida, não morrer em vida, que gente nasceu para brilhar, assim como brilhou nosso Jarbas, o Ébano Majestoso, que ontem foi estrelar o Orun, nos deixando aqui com a responsabilidade de honrar a vida que ele viveu, ao vivermos também, em plenitude, a nossa.

Delegado!

Eu também me sentia pisando um chão de esmeraldas, quando levava meu coração à Mangueira. E era seu Delegado, o dançarino, quem me recebia à porta, acompanhando a porta-bandeira que me oferecia o estandarte para o beijo leal de saudação.

E seu Delegado evoluía, lépido, no passo manso dos 90 anos. Era a joia da coroa banto carioca, pavoneando o catavento verde e rosa! Abram alas! Seu Delegado e a Mangueira vão passar desfilando elegância e tradição. E lá vêm Ana Pi, Deborinha e Cláudio Adão, bambas-mirins da escola de dança, alegria da renovação.

E todos os meninos da Mangueira fazem a corte de recepção ao mestre, com pandeiro, cuíca, berimbau, feijoada e samba do bom: Xangô, Cartola, Carlos Cachaça, Sinhô, Padeirinho, Preto Rico, Nelson Cavaquinho, Jamelão, Tom Jobim e as meninas, dona Neuma e dona Zica.

A Portela celeste vem também lhe render graças, Manaceia, Zé Ketti, Tia Doca, Candeia, Clara Nunes,

Baú de miudezas, sol e chuva 65

João Nogueira que dá uma piscadela de boas-vindas para Sabotage, escondido numa esquina de rima quebrada.

E vem toda a gente que fez bailar nossa alma, Caymmi, Pastinha, Garrincha, Didi, Leônidas, Vila Lobos, Pixinguinha, Elizeth e Chiquinha Gonzaga escoltadas por Cássia Eller de um lado e Elis do outro, Cazuza e Roberto Ribeiro.

Marçal, Mano Décio da Viola, Aniceto, Monsueto, Paulo Moura e Luiz Carlos da Vila. Noel, Aracy de Almeida, Ataulfo, Gonzagão e Itamar Assumpção, não poderiam faltar.

Moreira da Silva, Bezerra, Jovelina e Gonzaguinha chegam juntos e, malandros, versam um partido sobre a soneca da tarde tirada no cantinho onde a coruja dorme. Vai ter samba do bom!

Tim Maia chega atrasado, festeiro. Ele que fora incumbido de cantar para seu Delegado, o canto das rosas que falam no azul da cor do mar.

Flores para os autores de "Lado a lado"

Lembro-me vagamente de ter assistido a três novelas das seis, duas quando criança e outra na adolescência.

A primeira tinha um escritor, poeta, que me encantava. Um homem sem tostão que sonhava e escrevia. Talvez tenha sido "O feijão e o sonho", talvez não. Depois foi "Escrava Isaura", um épico. Naquele tempo eu não podia imaginar que um dia conviveria com a doce Léa Garcia, antagonista da Escrava Isaura. Por fim, já na adolescência, uma novela a que assistia o começo e o fim para ouvir a trilha sonora, Dori Caymmi cantava "Desafio": *éramos nós e os cavalos / feitos do mesmo feitio / vindos de todos os lados / e sobre eles sangrentos / seus cavaleiros sombrios. Ou seria Danilo?*

Hoje estou de volta a uma novela das seis, "Lado a lado", dos autores renovadores, mais do que estreantes, Cláudia Lage e João Ximenes Braga.

Novela boa. Texto bom. Atrizes e atores fantásticos! Sem esquecer as belas fotografias e a trilha sonora. Quando

Camila e Lázaro afirmaram que essa obra revolucionaria o lugar do negro na teledramaturgia brasileira, não exageraram. Eu apostei na indicação dos dois e estou maravilhada. A cena de deflagração da Revolta da Chibata foi uma das mais bonitas e de maior intensidade dramática vista por meus olhos na TV brasileira. Fiquei completamente tomada pela atuação portentosa de Zé Maria (Lázaro Ramos), de Chico (César Mello) e, principalmente, de Inácio (Jhe Oliveira), os marujos líderes da revolta no convés do navio.

É tão bom ver um grande ator desabrochar (como Jhe Oliveira), alguém que pega um papel pequeno e cresce na interpretação. Lázaro brilha porque bons atores o circundam e sustentam, dialogam com sua *performance*.

E depois, no morro, para arrematar, assim que a notícia da sublevação chega e Jurema (Zezéh Barbosa) a espalha porque tem a premonição, a certeza de que Zé Maria estaria à frente daquilo, as crianças passam a representá-lo nas brincadeiras, querem ser como ele. Sim, ícones negros factíveis são possíveis para referenciar as crianças negras da novela e do Brasil. E antes que acusem Lázaro Ramos de querer roubar a cena de João Cândido, notemos que Zé Maria não decidiu pelo bombardeio à cidade, não só pelos princípios de preservação da vida, mas porque o comando da operação locava-se no navio Minas Gerais, onde provavelmente Cândido pensava a estratégia do combate e, de lá, deveriam vir as ordens.

Boa parte dos personagens brancos debate o tema a partir da imprensa livre e combativa, praticada pelo idealista Guerra (Emílio de Mello). Olha só, o mundo dos pretos não acontece isolado do mundo dos brancos na situação ficcional.

Isabel (Camila Pitanga), a libertária e vanguardista, é tratada como "perdida e desavergonhada" pelo pai conservador. Laura (Marjorie Estiano), a personagem branca à frente do próprio tempo, companheira de Isabel na quebra de paradigmas, precisa esconder a condição de divorciada (eu nem sabia que existia divórcio naquela época) e o faz, protegida pela cumplicidade do homem amado e abandonado. Nuances de sua situação são apresentadas, sem maniqueísmos. Existem artistas generosas e abertas como Diva Celeste (Maria Padilha), ou seja, diversos modelos interessantes e significativos de mulheres. A cena em que Afonso (Milton Gonçalves) e Jurema são furtados e agredidos na rua e ninguém age, sequer para ajudá-los a levantar do chão, é de precisão e delicadeza muito grandes. Trata-se de dois pretos, furtados por outros pretos, logo, confusão de pretos, e eles mesmos que a resolvam.

A naturalidade do descaso dos transeuntes pelo ocorrido mostra, exatamente, o lugar dos pretos naquela sociedade. E a interpretação de Milton e Zezéh é magistral; eles se fecham neles mesmos, não veem ninguém para contar no centro do Rio, sabem que estão por sua própria conta e assim se comportam.

A polícia não sabe o morro, não protege quem mora lá. Jurema e Afonso nem cogitam dar queixa ao delegado. A Light também não sabe o morro para levar a eletricidade. E nós não nos enganamos com as UPPs.

Nestes tempos de fundamentalismo religioso e igrejas eletrônicas, Oxalá é evocado pela boca de vários personagens e isso nos faz tanto bem, não só por marcar um lugar de fala, mas também para nos trazer paz.

E não haverá anistia aos marujos revoltosos, a História nos conta. E o coração sofre sem saber se Zé Maria será mandado para a Ilha das Cobras, a fim de morrer nos porões da cadeia, cheios de cal. Só João Cândido, o imortal, sobreviverá na História, resta saber na novela. Zé Maria é o queridinho, não pode morrer. Ele precisa ser feliz ao lado de Isabel. Que belo papel vêm cumprindo os autores dessa novela! Que Nkossi lhes dê água boa e sombra pelo caminho. Ngunzo!

Cavalo das alegrias

Belo Horizonte amanheceu triste. O cavalo das alegrias foi trotar em outras montanhas, junto das Pretas Velhas que o iluminavam desde Pirapora, das barrancas do São Francisco, rio de carranca nos barcos para espaventar espírito ruim das águas.

Sem dons divinatórios, tampouco a ajuda de um oráculo, arrisco-me a dizer que Marku Ribas era de Exu, senhor de todos os começos. Pareado por Iansã e Xangô, e a tenacidade de Obaluaê, talvez, aquele que insistiu em viver. Difícil intuir dele a regência do Ori, tamanha a convergência de forças da natureza representada por sua presença de magma e de liberdade.

Doce como um beija-flor para brincar com a voz e nos fazer suingar mesmo que amarrados. Intenso como a trilha sonora exatinha para namoros *calientes* e deslizantes. Forte e assustador (atraente) como uma carranca para dizer coisas inusitadas e de esguelha; às vezes, como retirar de Milton a coroa da voz de Minas e deixar interdito, para quem quisesse entender, que ele, Marku, representava a voz das Gerais.

E o músico criativo e intempestivo, por anterioridade e posto, portava autoridade para dizê-lo, afinal, Minas são muitas. Não foi o que disse o Rosa? Ou terá sido Drummond? Mas o canto de Milton é a voz de Deus. É a voz de Minas. É a minha voz. Ponto final.

Esse pessoal que ouve Roberto Carlos, como aquecimento para uma noite de amor, precisa conhecer Marku Ribas. Não há *kundaline* que durma sossegada quando ele canta. Ele acorda a libido do mortal mais inerte.

A primeira vez que o vi presencialmente me traumatizou. Faz mais de vinte anos, na UFMG. Creio que ele voltava da Europa e fixava residência em BH. Aceitou convite para fazer uma pequena apresentação em evento promovido por um grupo de estudantes negros. O cachê era ridículo, o som impronunciável, de tão ruim, e ele um artista magnífico, que entre outras façanhas tocara com o Rolling Stones. Marku ficou tão injuriado com a péssima qualidade de tudo, que, depois de criticar as pobres promotoras da coisa e um ingênuo grupo de *rap* que também se apresentou, antes dele, por suposto, rejeitou o microfone e tocou a capela.

Depois passei anos vendo-o pela tevê, até que fui a uma apresentação dele no Sesc Pompeia, em São Paulo, numa participação em *show* de uma banda de mulheres. Ele arrasou, junto com o querido Rubi, antítese dele, de energia mais convergente, pelo menos naquilo que um rio converge. Menino suave. De Oxum. De Logun.

Marku passou por mim e outras pessoas que aguardavam a apresentação. Carregava um cabide com a roupa do *show* e nos cumprimentou. A nós, pretas parecidas com tantas outras que o admiravam mundo afora, ele mirou como velhas conhecidas. Brincou conosco, perguntou se íamos assistir à banda. Íamos. Ele então nos disse, com um olhar de céu e mar, que seria muito bom estarmos juntos.

No Brasil, alguns o comparam a All Jarreau, não sei. Fã e seguidora que sou deste mago do instrumento-voz, penso que Marku é ainda maior, por sua composição singular, com exercício de aprimoramento que durou toda a vida. Para mim, sua música é irretocável. Não digo o mesmo das letras, me incomodam as mulheres estereotipadas.

Artistas imensos como Ricardo Aleixo, Rui Moreira, Paulinho Pedra Azul, Grace Passô, Maurício Tizumba, Gilvan de Oliveira, Leda Martins, Titane, Gonzaguinha, que não sendo mineiro, como também não o é o Rui da Será Quê, escolheu viver em BH. Esses artistas saem das alterosas, bebem águas estrangeiras e voltam revigorados para Belo Horizonte, nascente de onde fluem para o mundo.

Eu os admiro demais. Eles revelam uma coragem e um amor a este pedaço de Minas que nunca consegui desenvolver, talvez por isso, porque amor e coragem não constituam matéria para tentativas; quando chega a hora de vir, brotam. Marku Ribas também era como os grandes, amava Belo Horizonte.

No Aiyê, Cavalo das Alegrias, nós guardamos silêncio para escutá-lo, enquanto por aí, as avós Maria Conga e Curtinha, no mesmo silêncio nosso, preparam o palco para a folia do cantador.

O universo de Itamar Assumpção!

Quando o mundo quiser de você a mediocridade, convém ouvir Itamar Assumpção! O preto velho e sábio aparece como lenitivo para este tipo de agressão. Sua meticulosa composição prova que vale a pena insistir na construção de uma obra e definir estratégias de carreira. Mesmo que ele não o tenha feito para a própria carreira, revela-se inspirador.

Quando o mundo lhe oferecer as migalhas próprias da norma, da convenção, é hora de ler, com atenção, o bom Itamar. É da arte da sobrevivência o exercício de compreender que se o mar não está para peixe, não dá para pescar, mas aceitar farelo, nunca!

Quando qualquer aparição patética, qualquer imagem da patetice vier a valer mais do que uma ideia, um bom argumento, um texto preciso ou criativo, vale recorrer a Itamar Assumpção, para sobreviver à correnteza do mal.

Quando propuserem brincar de casinha, enquanto você quer construir casa com fundação e alicerce para crescer rumo aos céus, convém desenhar a planta sob supervisão de Itamar, um gigante na arquitetura da palavra.

E, se ainda assim o mundo insistir que o medíocre é que é bom e aceitável, aplique-lhe Itamar na veia, mesmo à força.

Salvador, negro rancor!

O título assusta, mas não significa tudo isso. Não espere o predomínio do rancor no livro de Mandingo: essa obra prima pelo amor aos seres comuns, desacostumados à radiografia de sua complexidade humana; personagens aos quais, usualmente, a literatura não confere dignidade. Mandingo, mandingueiro como um velho mestre de Angola, nos ensina como fazê-lo.

Salvador negro rancor é um livro de crônicas, e que crônicas, de um autor de muitas faces. Ora me lembra Fernando Sabino nos textos mais longos, que não sofrem crise de asma e, por isso, não perdem fôlego e ritmo pelo caminho; tampouco o cronista se embaralha na teia narrativa. Em "Cisco" me lembrei de João do Rio. Em "Raska" foi Pedro Juan Gutiérrez, quem veio me visitar.

Mas as duas primeiras crônicas (crônicas mesmo, não são contos, a meu ver) são só aquecimento de motores. Mandingo surge pleno, uma chapa de frente no peito desavisado, em "Paulista".

Baú de miudezas, sol e chuva 77

Entretanto, o jogo é de Angola, é preciso calma, atenção e astúcia, a um só tempo, para não deixar escapar as inúmeras delicadezas da linguagem refinada do mestre. Em "Cisco", por exemplo, o narrador nos diz que os meninos "subiram abraçados a Alfredo de Brito brincando de lealdade só pra gastar o pânico e dar tempo de escolher uma outra presa. Encardidos até o sangue, sujos mesmo, cobertos com camisas enormes, vestindo até o meio das canelas. Não se pode dizer se são mesmo crianças, se não cresceram, ou se encolheram".

E ele continua: "A periferia tem um ódio estranho dos seus entes mais vulneráveis: loucos, mendigos, homossexuais, moradores de rua, viciados. São vítimas preferenciais desse sadismo urbano, que se compraz em pisar a cabeça do que anda ainda mais fodido que a maioria". É uma formulação fantástica, sistematiza de maneira incisiva o apoio que as "famílias de bem" periféricas dão à morte de jovens negros pela polícia – pelo menos enquanto não morre um dos seus.

Mandingo é o João do Rio do Pelô quando descreve o papel do *crack* naquela área, durante os anos 90: "Mortes, agressões, incêndios na calada da noite, nada foi tão eficaz pra calar a boca dos mais resistentes quanto o *crack*. Peão recebia de dia a indenização, de noite já tinha tudo ido na fumaça".

Em "Kaska" a linguagem cinematográfica de Mandingo lembra Pedro Juan Gutiérrez, mas não só, a ambiência negra de Salvador, nossa Havana, também sofre, como a capital cubana, com o gringo superinvasivo. Habaneros e soteropolitanos têm uma espécie de fixação neles: "Existe no Pelourinho, Centro Histórico de Salvador, na Bahia, uma novíssima e pós-moderna categoria sociológica, única característica desta região, facilmente detectável em qualquer rápida pesquisa, mas ainda não completamente estudada e fixada por sociólogos, antropólogos ou historiadores da história recente que povoam suas ruas e vielas: o gringo carente".

Em "Paulista", Mandingo vem inteiro. Outra vez traz Pedro Juan, manufatura uma crônica que flerta com o conto por meio de personagens muitíssimo bem construídos. Vem junto Rachel de Queiroz, cronista de mão cheia em suas descrições de Minas Gerais e do rio São Francisco, como caminho obrigatório para quem quisesse chegar ao Rio de Janeiro entre as décadas de 20 e 40 do século XX. O personagem de Mandingo faz o caminho contemporâneo, Belo Horizonte como passagem praticamente obrigatória de quem vem do Nordeste buscando chegar a São Paulo. Assim fizeram Rita Ribeiro, Chico César e tantos outros artistas e o fazem também as pessoas comuns, como "Paulista".

Como belo-horizontina, acho que o pessoal do Nordeste aporta em BH buscando uma cidade grande menos agressiva do que São Paulo e Rio de Janeiro, uma espécie de porto preparatório para a metrópole que virá. Só que, em pouco tempo, descobrem uma cidade provinciana, que muito pouco acrescentará ao que já tinham conquistado em sua cidade natal.

Entretanto, dou a mão à palmatória, BH é uma cidade surpreendedoramente acolhedora para as pessoas vindas do Nordeste, especialmente os baianos, xodó dos belo-horizontinos. E essa ilusão de porto pode também ser atrativa (e necessária).

São Paulo, por sua vez, é uma metrópole que não acolhe ninguém, mas lá cabe todo mundo. Cabem também os sonhos grandes que não se encaixam em outros lugares. São Paulo não é amor, exatamente, como radiografou o Itamar. São Paulo é identificação absoluta. São Paulo sou eu. Eu não me amo, mas me persigo. Eu persigo São Paulo. São Paulo significa identificação absoluta. Belo Horizonte representa amor, para quem chega de fora.

Diante do susto da personagem que vê um menino de idade mínima bebendo cachaça, o pai de rua explica: "Nóis vivemo na rua fio, eles se perdem fácil, e nós somos uma família e tal, eu tenho que mostrar pra eles toda hora que eles também faz parte, que eles são iguais a nóis, senão eles se perdem fácil..." Mandingo incorpora a afirmação de Raimundo Carrero: "Autor não tem estilo. Quem tem estilo é o personagem". É um autor quilombola (livre e libertário, em essência) não se impõe sobre a personagem, não faz juízo de valor, deixa que ela se manifeste e flua.

Sobre a casa do morador de rua, o pai de rua ensina: "Casa fio, prende a gente num lugar só, a gente vira bicho enjaulado. Aqui eu faço minha casa onde eu quiser e carrego minha casa comigo. Cada noite eu posso escolher um coió onde nóis vai dormir e sou eu quem faço a casa e não ela que me faz, ta ligado? Melhor do que ter as coisas pra perder é você ter o que não pode perder, ta ligado?" Mora na filosofia? Para que rimar amor e dor?

Só quem conhece no detalhe a vida das pessoas na rua é capaz de descrevê-la com verossimilhança. Mandingo vai mais longe, consegue dar a ela a humanidade possível: "Sem camisas, abríamos um encanamento embutido no subsolo da praça, e tínhamos água limpa pra tomar banho e lavar as roupas. Nesses momentos, os meninos brincavam de ser crianças e corriam e se molhavam puxando o cachorro pra cima e pra baixo, enquanto nós colocávamos as roupas pra enxugar sobre o capim".

O autor humaniza as personagens, mas sem romantismo nem lubrificante. O eu lírico vai e volta, e a dureza do asfalto e da cachaça não deixa de gritar na crônica: "Poderosa era um ser mitológico: idade indefinida, raça indefinida, sexo indefinido. O álcool levara suas feições embora, seus dentes e boa parte de seus neurônios".

"Paulista" mostra como os protagonistas experimentam tudo o que a vida na rua oferece como meio de sobrevivência, desde a contravenção pequena à venda de maconha e outras drogas mais pesadas, passando pela recepção dos objetos que os *playboys* drogaditos roubam das famílias e trocam por cocaína, e pelo assalto à mão armada, quando a necessidade de grana se impõe. Toda a ludicidade vai embora, pois o perigo de generalizar a violência, de promover a morte, ou, no mínimo de machucar as vítimas torna-se concreto. E nos casos em que a atividade criminosa falha e o meliante sai ferido, busca--se um médico amigo, pois bandido não pode preencher ficha de entrada em pronto-socorro. Ao cabo, é preciso suporte para bem-exercer o crime.

Em meio a tudo isso, as pérolas de linguagem próprias da escrita de Mandingo: "Vagabundo olhava de canto de olho, umas putas sorriam, seu riso de anzol buscando peixe bobo". Só um pequeno deslize eu vi, intencional, provavelmente. Paulista que aprendeu tantas coisas sobre mineiros, em especial sobre belo-horizontinos, em dois momentos de destaque da geografia do mais belo horizonte, menciona uma tal "rua Bahia". Desconheço! A gente da terra diz "rua da Bahia".

O primeiro parágrafo e a primeira linha do segundo em "Pìpoca" sintetizam o livro: "Barulho ensurdecedor ferindo os ouvidos. Tensão. A multidão em polvorosa nas ruas noturnas. Helicópteros. Medo. Tropas de choque. Um homem negro caído imóvel no chão deságua um rio de sangue: é carnaval em Salvador! Minha missão é atravessar meu corpo negro em segurança até o Garcia..." É essa travessia que autor, narradores e personagens fazem todo o tempo, nas condições que o real oferece, com malandragem para sobreviver e certa alegria, para que o ato de viver mostre alguma graça.

Assim são as agruras de um trabalhador negro que luta, literalmente, para chegar seguro em casa, depois do trabalho, na terça-feira gorda do carnaval soteropolitano: "Se descer pela Barroquinha é viola, os sacizeiros tiram meu escalpo e roubam até minha cueca. A Baixa dos Sapateiros já virou cidade fantasma do *crack*, e só quem não tem nada a perder é que correria o risco. A avenida Contorno, do outro lado, é outra conversa: Choque descendo, P.E. subindo e a gente da civil dando bote de paisano. Até eu explicar o dinheiro guardado no tênis, ia eu no rodão da 1ª e só quinta-feira tava solto. O jeito é mesmo atravessar a muvuca, seguir na levada, pronto pra tudo e entregar a Deus".

Assim são os negros no carnaval de Salvador: "Os *playboys* dentro do cordão, fantasias exóticas, drogas liberadas, cerveja e gente bonita, como eles dizem por aqui. Câmeras de TV, artistas famosos, luzes de refletores, *flashes* e helicópteros, sobrevoando o circuito, tudo ao mesmo tempo. Nós somos o cenário pra festa deles". Mandingo faz uma tomografia racializada da cidade.

O fim de tudo é o amor, porque mesmo contra a corrente, a gente é gente e quer amar: "Me espere minha pretinha, eu tô chegando com o dinheiro enrolado na meia, minha mulher, chegando com vontade, que terça--feira de carnaval não termina assim, sem encontro de trios, só quando um de nós se desmaiar".

Quando a leitura chega a "Por acaso", único conto entre tantas crônicas boas, o desfile de vários estereótipos produz uma tensão quase desesperadora: o do homem negro, potencial ladrão e estuprador; o da polícia que julga previamente esse homem e o extermina; o da mulher loira sozinha em horas suspeitas na quebrada, podendo ser por esse motivo, mulher de traficante e ainda mais, se ela tiver o azar de ser mulher do traficante em débito com a polícia. Estereótipo da polícia que desrespeita e mata, mas que em respeito a códigos humanos do passado pode ainda respeitar uma honorável senhora negra que intercede pela vida do sobrinho retardatário, que, desobedecendo o conselho dela, chegou tarde da noite à quebrada onde jovens negros se ajoelham para esperar a execução.

A narrativa é eletrizante, por exemplo, na forma como o menino negro, suspeito de ser ladrão, observa a moça branca que, jurava, seria assaltada por ele: "Como tremia, a moça, dava quase pra sentir o cheiro do seu medo, do nervosismo com que se movia na cadeira, na respiração parada de bicho acuado, as mãos apertadas na bolsa preta de couro".

É também controversa quando o narrador desenha uma loira lasciva como possibilidade de resposta ao estereótipo do negro estuprador: "Pressentia que esse medinho de puta tinha muito era de excitação reprimida, de vontade de dar prum macho mais forte, másculo, imoral, de pau grande e grosso".

Por fim, chegamos a "Salvador negro rancor", crônica que cedeu título ao livro. O início do texto é declaração de quem conhece a Angola na essência: "Uma cabeçada. Quando eu terminei meu rabo-de-arraia, o gringo me pegou na cabeçada: fingiu que ia soltar outro rabo-de-arraia por cima do meu, e retornou com a cabeçada. O não-esperado, a surpresa, o de repente do movimento, me jogou no chão com os meus anos todos de Capoeira. Ele ainda soltou uma chapa de costas raspando meu rosto, pra mostrar que podia ter me matado. Saí de lado no role, não caí de bunda no chão, mas de todo jeito, o sujeito tinha me desmoralizado, e tinha bem uns três mestres antigos tocando os berimbaus, sorrindo, brincando, debochando de minha falha".

Depois, a definição mais linda que meus olhos já leram sobre a entrega no jogo de Angola: "Os golpes se sucediam, lentos e sincronizados, bonitos, ritmados pela languidez do toque do berimbau, a luz opaca que descia do teto enchia a sala de nostalgia, e eu pratiquei quase que em transe, aquela magia secular de resistência, como se corpo não tivesse, e fosse somente movimento".

E, como ser angoleiro é viver a Angola na roda grande da vida, dois trabalhadores de padaria, um deles capoeirista, interpretam o mundo com picardia: "Esse pessoal, meu irmão, se fizer revolução, se fosse quilombo, não conseguia nem subir a Serra da Barriga, de tão gordos e cheios de comida e conforto, eles já não têm o direito animal de falar sobre a vida, porque eles são escravos do conforto, tá ligado?" Mais à frente, o mesmo trabalhador define o corpo adequado à prática da Angola: "Isso aí em você é músculo burro, duro, sem flexibilidade, não serve pra Capoeira Angola, que o corpo tem que agir na velocidade do pensamento".

A mim causou desconforto uma referência a afro-feministas que seriam "comidas" por capitães-do-mato, incensados por negros românticos. O que me incomoda é a passividade das afro-feministas construídas no texto, parece que moldadas para passar das mãos supostamente justas dos homens negros bobões para as garras dos capitães-do-mato. É manifestação do machismo cotidiano internalizado.

Mas voltamos a Angola, e outra definição belíssima da Capoeira inunda o texto. Lembra Pastinha quando disse: "A Capoeira não tem início nem fim". Mandingo nos diz que: "A Capoeira é dialética em seu fundamento. Um pequeno número de ataques e defesas, que se combinam e se multiplicam infinitamente, criando variadas formas de responder ou desviar das perguntas lançadas pelos parceiros, de apresentar perguntas cujas respostas eles não possam solucionar, ou mesmo trancá-los em seu próprio jogo, até o momento certo de empunhar o golpe certeiro, infalível: o cheque-mate".

E quando a gente entra numa roda de Angola, concentrado e atento, é "um pouco como não ter medo da morte, como não poder se fugir do destino, sendo melhor então encará-lo, com firmeza e comportamento digno, estando preparado para o que vier pela frente."

A mim o que resta, mano velho, é cantar, agradecendo a N'Zázi e a você: Angola eeeeeê / Angola ê / Angolá / O meu pai veio de Angola, eeeeeê / Minha mãe veio de Angola eeá / Angola eeeeeê / Angola eeeeê / Angolá / Angola eeeeeê / Angola ê / Angolá / Eu também vim de Angola, eeeeeê / Mandingo veio de Angola eá / Angola eeeeeê / Angola ê / Angolá!

Eu sou coluna de aço!
Se quer passar, arrodeia!

Yeda Castro proclamou feliz e orgulhosa: "Finalmente a Academia conseguiu reunir a elite tradicional branca baiana com a realeza nagô, que se orgulha de ser negra!" Permito-me discordar da conceituada professora, diria que, finalmente, a Academia de Letras da Bahia, composta pela elite tradicional branca baiana dobrou os joelhos à realeza nagô, à realeza negra manifesta nos 87 anos da Iyalorixá Stella de Oxóssi! É gesto simbólico, mínimo e forçoso de ampliação do reconhecimento do papel determinante das mãos, pés e ciência africanos na construção do Brasil.

Outro Castro, Ubiratan, sentado em confortável pilão de madeira maciça, escoltado por Bimba e Pastinha, comenta que está tudo bem posto, o novo está nascendo pelo Fogo Grande da casa de Xangô, regida pela Caçadora, que agora ocupará no Ayê uma cadeira que foi sua. Bimba, de braços cruzados, assente. Pastinha ginga e, com uma mão abraçando o peito e a outra acarinhando a barba, diz: "É nagô, mas é angoleira". Bira gargalha gostoso. Bimba meneia a cabeça em negativa, mas sorri da manha de Pastinha. Deus é mais!

"A Caçadora precisa de coragem, pontaria e rotina." É Bira de novo, dando rumo à prosa. "Silêncio também", pondera Bimba, "senão espanta a caça". "É verdade", acrescenta Pastinha. "Mas a Dona faz barulho, não é?" "Muito", diz o Bira! "É a coragem se revelando para dizer que é tempo de Iansã ser Iansã, de Xangô ser Xangô, de Oxum ser Oxum, sem vestimentas de batismo católico necessárias em outros tempos." "Foi certeira", conclui Bimba.

E Bira retoma a palavra: "Todas as homenagens feitas às Iyalorixás Stella de Oxóssi e Beata de Iyemonjá, à Makota Valdina e ao mundo banto que sua ancestralidade carrega, serão pequenas reverências ao matriarcado de origem africana que há séculos oferece sábia sustentação espiritual ao povo brasileiro, de maneira generosa e indistinta. Serão gestos simbólicos de reconhecimento e agradecimento a um legado atemporal e imensurável. São medidas bem-vindas e necessárias, embora insuficientes. Só mesmo a alegria dos filhos novos que nascem em cada casa de àsé, pelas mãos e pela navalha das Iyás, das filhas e netas, para reverenciar a tradição da maneira fundamental que a manterá viva".

Okê Arô, Mãe Stella! A Caçadora traz comida para toda a aldeia. Traz alegria!

Adeus IMACO – Triste Horizonte!

O domingo era de sol e, embora certa nostalgia pela companhia de Itamar Assumpção tomasse conta dele, era produtivo e feliz. Então sobe a fumaça tóxica da demolição de memória importante da minha adolescência no Parque Municipal. A prefeitura do prefeito rejeitado e reeleito derrubou o IMACO. Ai, meu coração!

Quando a gente era criança, eu e meus irmãos íamos ao Parque Municipal, levados por meu pai. Ele apontava o colégio e dizia a mim, que sempre mostrei interesse pela arte de aprender, que aquele colégio era muito bom, que era público e que eu podia pensar em estudar ali. Meu pai me autorizava a sonhar o melhor.

Só entrei no IMACO uma vez, já nos anos 2000, a fim de dar uma palestra para um grupo grande de professores, naquele auditório enorme. Foi quando o vi por dentro. Minha memória consiste mesmo em vê-lo de fora, entre as árvores centenárias do Parque Municipal, próximo à sombra do bambuzal, testemunha de tantas conversas definidoras que tive na vida e da lagoa de água preta cheia de patos e barcos furados, de remos nada confiáveis.

Mas na adolescência a escola foi palco de muitas disputas dos aspirantes a crânios. Eu participava de um grupo de amigos que procurava as melhores escolas para cursar o ensino médio e o IMACO, aparecia entre elas, ao lado do Estadual Central e da Escola Técnica Federal. Quem estudava numa dessas, era respeitado por nós. Eu tinha uma prima que estudava no IMACO e, embora nunca tenhamos sido próximas, sempre a admirei por isso.

Saber que o IMACO foi demolido por força de lei aprovada na calada da noite me lembra um samba doído sobre o fim da Lagoinha, umas das zonas boêmias de BH, que nos anos 80 sucumbiu à especulação imobiliária, depois de ter-se tornado reduto de sujeitos sociais considerados descartáveis: travestis sem *glamour*, pessoas velhas e decadentes, artistas e prostitutas abandonados e destruídos pela vida dura e pela dependência de drogas, portadores de HIV e doentes de Aids. "Adeus Lagoinha, adeus / Estão levando o que resta de mim / Dizem que é por força do progresso / Um minuto eu peço / Para ver seu fim"...

Ao invés de tombar a Praça Vaz de Melo como patrimônio público, como referência cultural e identitária para putas, malandros, estudantes, intelectuais e artistas, preferiram demoli-la. Eles são assim, levam o que resta da gente. Mas a memória insiste, o imaterial, o subjetivo, a lembrança daquilo que a gente nem viveu, mas revelou-se importante para tantas gerações.

É um belo horizonte que se vai e uma Velhohorizonte que cada vez mais se enraíza e nos envenena, nos deixa tristes, muito tristes, como quando a gente mira da Afonso Pena as montanhas da Serra do Curral d'El Rey e se dá conta de que elas não passam de fachada oca do minério de ferro sangrado de seu miolo. Ou quando presenciamos, desesperançados, a transformação do Acaiaca, cinema no prédio de mesmo nome, primeiro arranha-céu da cidade, em igreja evangélica. Fim idêntico teve o Amazonas, que não exibia filmes excelentes, mas figurava como um cinema grande, de apelo popular.

Na vitrola Itamar continua: "Na vida sou passageiro / Eu sou também motorista / Tenho dom pra costureiro / Com queda pra macumbeiro / Agora sou também mensageiro / Me calo feito um mineiro / No mais, vida de artista".

Inversão de sentidos

Ela considerava aquele o dia dela. Eu movia rios e montanhas para estar com ela, porque era algo muito importante para sua localização no mundo.

Um dia ela se foi e, deliberadamente, esqueci que o dia das mães existia. Permiti a mim mesma a liberdade de não felicitar ninguém pelo marco ocidental do comércio de afetos, nem mesmo as mulheres caras a mim, para as quais a maternidade representava algo fundamental. Livre, libertada, liberta da opressão sentimentalista do dia das mães, me tornei.

Veio um dia novo e voltei a me lembrar que havia um domingo em maio dedicado a elas. Conheci uma mulher que perdera o filho ao nascer, e sua mãe telefonava no dia das mães para lembrá-la de que fora mãe um dia e aquele era seu dia também.

Veio o mais novo dos dias, aquele em que conheci a mulher que me ensinaria a ser mãe, a que mais admirei, venerei pelo amor e pela tenacidade, pela certeza da escolha, pelos filhos íntegros e belos que educou. O princípio e o fim na própria prole, Exu e Oxalá.

No entanto, ela desistiu de tudo e só restou no ar, no lugar dos "parabéns pelo dia das mães", de meu tempo, o "feliz dia das mães", de hoje.

Deixem Neymar chorar em paz!

Chorar quando você tem vontade é uma conquista. Nem todo mundo depois de grande consegue fazê-lo. Neymar nem é chorão, mas foi só derramar umas lágrimas e os patrulheiros acenderam os faróis.

As lágrimas de crocodilo são fáceis de detectar: a foto *fake* de Feliciano franzindo a testa e apertando os olhos para ajudá-las a cair, enquanto acolhe Marina Silva no ombro, é exemplar.

O choro dela, por sua vez, é mais difícil de categorizar porque a conhecemos, pelo menos a conhecíamos; ela nos representava, e talvez, em nome disso, pensemos na possibilidade de que suas lágrimas digam "meu Deus, o que estou fazendo de minha vida?"

As lágrimas do ex-goleiro Bruno, de Bola e Macarrão, comparsas no assassinato de Elisa Samúdio, anteriores à decisão do júri, são crocodilagem grosseira que não ilude ninguém. Se Ivone Maggi destilar lágrimas de sangue também não nos enganaremos. Saberemos identifica-las como chororô pela perda de posições de poder, de privilégios.

As lágrimas de Neymar, considerado o maior jogador do Brasil e das Américas em atividade, ao partir para a Europa, feliz, bem-sucedido, menino que realiza sonho de menino, de tantos meninos não tão bons de bola quanto ele, sonho de jogar no Barcelona, me parecem tão humanas e compreensíveis. Neymar carrega a esperança de brilhar no Barcelona de Messi, de Ronaldinho, de tornar-se o maior entre os melhores. Você não choraria?

Talvez, não. Chorar de alegria, de contentamento, diante do grande dia, da grande água, do imenso horizonte, é para poucos. Choro legitimado mesmo é o da culpa, da dor, do desespero, da revolta, da mágoa, da tristeza. Neymar pode ter chorado ao se despedir do Brasil, dos campos que o consagraram, dos companheiros, da torcida que o idolatra, do colo dos que o amam, porque mesmo se mostrando um jovem vitorioso, realizador de sonhos, inspiração para tantos sonhos e para tantos jovens e crianças, deve sentir medo do desconhecido, de não encontrar lá fora todo o amor, conforto e reconhecimento desfrutados por aqui.

Mesmo intrigada com a amargura que leva tantos a crucificá-lo, compreendo a frustração de ver as lágrimas de Neymar dominando a mídia, em detrimento de assuntos sérios e candentes. Para mim, não representaria motivo de descontentamento, caso fossem abordadas com a profundidade merecida.

A lágrima é palavra abafada que escapa quando a maré dos olhos vaza e nos derrama pela face proteínas, sais minerais e gordura que lubrificam e limpam os olhos, retiram véus, diminuem nossa acidez.

Diante de tanta gente que, na supermodernidade, chora desesperada quando o celular não toca convidando para a comunicação vazia e intermitente dos viciados no uso do aparelho, eu me enterneço quando o canto de um passarinho depois da tempestade faz alguém chorar.

E enquanto as lágrimas comuns engrossam o temporal destes tempos, o pássaro das alegrias de Neymar escolhe lugar para o ninho. Voa, menino, voa!

O fogo, têmpera do aço, o tempo, têmpera das gentes

> "Onde você for, que o mal se esconda/
> e não saia de onde está /
> porque você tem Ogum de ronda /
> no clarão do seu olhar."

Naquele agosto de 91, a primavera chegou mais cedo, quando recebi em Belo Horizonte um telefonema dela. Era o fim das noites de angústia, das tardes bucólicas, burocráticas e tristes no trabalho de apenas sobreviver. Da vida de horizontes curtos, apesar dos vinte anos.

Sueli Carneiro me fez nascer pela segunda vez, quando, atendendo a um pedido meu, convidou-me para trabalhar e viver em São Paulo. E por isso me sentirei grata em todas as vidas que me for dado viver. E grata também pelas lições aprendidas via Método SC. Contumaz (às vezes duro demais), mas amoroso, tal qual o Método Maia.

Sueli, como a sinto, é essência de ferro, vento, ouro e amor de mãe. Lulu que o diga, aquela que a vida inteira

Baú de miudezas, sol e chuva 97

precisou dividir a mãe com o mundo e, à medida que cresceu e maturou a menina linda, sentiu orgulho imensurável dela. Confio na irmandade taurina para afirmar.

Foi Luanda, aliás, quem me propiciou a segunda lição do Método SC. Em uma situação de festa, eu, em Geledés havia três meses, tive a atenção chamada por Sueli, de maneira brusca e desproporcional. Assustada, eu não reagia, e Lulu, do alto dos treze anos e do domínio sobre o coração da mãe, avisou: "Mãe, você está machucando a minha amiga, solta ela!" E eu pude respirar.

Aquilo rendeu pesadelos nas férias, dor da falta de entendimento, e quando busquei explicações, tudo se atribuía às cervejas. Ficou o mais importante, o tempo tempera as gentes, como o fogo tempera o aço.

Minha primeira grande lição foi a generosidade de Sueli ao me dar a vida, sabendo tão pouco de mim, não conhecendo minha família, minha origem, só meus olhos ávidos de vida e certos de que São Paulo era meu lugar no mundo. A aposta de Sueli em meu sonho me ensinou a respeitar as pessoas jovens, a não desdenhar de seus mistérios. Esta foi a mais preciosa de todas as lições e posso afiançar que a aprendi bem.

Quando primeiro cheguei a São Paulo, em 88, para assistir a uma das sessões do Tribunal Winnie Mandela, eu ainda não conhecia Sueli pessoalmente. Não sabia direito como seria ela, mas, quando vi aquela mulher reluzente, pura luz preta no ambiente, de testa reflexiva e sorriso franco, de olhos vivos, atentos ao mundo, ao novo, dedos finos, elegantemente alternados no queixo e microfone armado, pensei, é ela! É esta mulher que escolho para me fazer quem quero ser.

Hospedada na Vila Sônia, eu não tinha noção das distâncias na cidade. Então, num domingo, Sueli, que morava perto dali, deslocou-se até o lugar onde eu me encontrava, a fim de discutir comigo um projeto de pesquisa, para o qual faltava interlocução na universidade. Senti-me tão valorizada, tão importante, tão gente, que, a partir daquele momento, passei a dedicar minha vida para provar àquela mulher que o cuidado que me dispensava não fora em vão.

E continuei indo a São Paulo todos os anos, desde então. Economizava centavos para a viagem à terra que, para mim, era Sol acima de qualquer cinza. Eu passava muito tempo em Geledés e adorava quando Sueli me convidava a acompanhá-la nas coisas que fazia. Tanta gente importante que ela me apresentava, gente que olhava para ela com apreço e admiração. E quando eu pegava o microfone, abusada, como sempre fui, ela me ouvia com atenção e olhos enluarados, e sorria. Sorria e balançava a cabeça como Steve Wonder a cantar. E eu me agigantava, Coutinho esgrimindo seus dotes para Pelé observar.

Vinte dias depois do telefonema que adiantou a primavera apresentei-me àquela que passaria a comandar meu exército interior. Ainda demorou mais de dois anos para que eu conseguisse trabalhar diretamente com ela e nesse período fui testada, inúmeras vezes.

No primeiro teste, outra diretora, talvez enciumada pela forma como eu idolatrava Sueli Carneiro, e também para demonstrar poder, me ofereceu, na frente dela, uma viagem aos EUA. Eu deveria representá-la numa conferência e ler um trabalho seu. Eu, com 24 anos, saíra da roça para a cidade grande há pouco tempo e a tentação era grande. Sueli, calada, apenas observava.

Serena, agradeci a lembrança e o oferecimento, mas não poderia aceitar porque não falava uma gota de inglês. A diretora insistiu, contrariada, irritada. Argumentou que não se fazia necessário dominar a língua, ela treinaria a leitura do texto comigo. Não, obrigada, eu não falo inglês, reiterei, orientada pelos velhos que sustentam meu Ori e pela certeza da lição aprendida em casa, de que, na vida, a gente deve ter valor, não, preço.

Foram extenuantes os testes ao longo de vários anos de convivência, também as dores, os jogos de interesses e poder, sacrifícios da vida pessoal e frustrações decorrentes, que matavam aos poucos a alegria, e me levaram a desistir da política e a retomar o sonho da literatura.

O saldo é positivo, lógico. Sou quem sou, porque um dia Sueli Carneiro me deu a vida e, justamente, para honrar este presente, entendi que precisava seguir meu próprio caminho e reinventar meu lugar no mundo.

E essa reinvenção faço-a nas crônicas diárias, nos livros, nas intervenções públicas, no aprendizado com as pessoas mais jovens. Minha cidade e minha família me deram régua e compasso. Sueli me deu uma tela ampla para xilografar minha história.

Ogum iê! Sueli Carneiro! Mulher do ferro, do vento, do ouro e do amoroso coração de mãe!

Xangô!

Eu vi Xangô assentado no pilão, com uma gamela sobre a perna direita, acalentada por sua barriga ao fundo e a mão gorda escorada no joelho, à frente. O corpo pendia para cima da gamela, como se a comida o devorasse. Com o indicador da mão esquerda em riste, ele discursava sobre alguma questão de poder no reino.

Era Xangô ou Buda? Era o Buda Nagô!

Vez ou outra ele calava e trocava a gamela de lugar, abraçava-a com o braço esquerdo, deixando a mão direita livre para fazer montinhos de amalá que levava à boca gulosa. Ele sorvia com barulho a comida pastosa. Eu observava sua destreza para comer. Fazia-o como adulto, nem um pouquinho de quiabo escorria pelo braço, ou mesmo pela mão.

Xangô me olhou, leu meu pensamento e explicou: "Quem come com a mão e faz lambança é criança, sinal de que ainda não aprendeu a ser grande". Eu encarava minha sina, pois nunca conseguiria comer comida de caldo com as mãos sem vê-la escorrendo pelo braço. Ele zombava de minha ignorância.

O Rei dos reis voltava a discursar, agora com o indicador da direita apontado para o Orun, porque precisava dela livre para alternar fala e comida. O equilíbrio do poder no reino era o tema. Eu ouvia com atenção (porque ele se irrita quando nos dispersamos), mas pensava mesmo no poder do quiabo.

Dizem que as filhas e filhos de Xangô se parecem com a erva malvácea, devido à baba que se espalha por lugares impensáveis, caminhos que ninguém imagina e, dessa forma, chegam aonde querem. São assim, principalmente na oratória. Inusitados como o pai que faz a prole compreender a natureza do poder enquanto ele ingere sua comida predileta.

Filhas e filhos de Xangô, por sua vez, preferem a metáfora do vulcão em erupção e da lava espraiada por todos os cantos. Gente de Xangô nasce do magma flamejante vindo do interior da terra que depois se espalha, cobrindo tão larga superfície que nem os olhos podem alcançar. É também uma gente ruidosa, destruidora, mas fertilizam o solo para o novo, como a lava.

Talvez o saber mais recôndito do quiabo consista na flexibilidade para buscar novos caminhos; se não der de um jeito, que seja de outro.

Xangô não sabe escrever um nome na areia, esculpe-o na pedra. Seu consolo é saber que a pedra um dia foi água e a natureza das coisas permanece, mesmo quando muda de forma.

Este livro foi composto em tipologia Aldine
401BT e impresso em papel Offset 90/gm^2
(miolo) e Cartão 300g/m^2 (capa), no mês de
maio de dois mil e quatorze.